W0324654

Gerlinde Allmayer

Himmel über der Nase

Gerlinde Allmayer, geb.1958, lebt in Niedernsill und ist Autorin von Gedichten und Kurzgeschichten. Sie leitet auch Schreibwerkstätten für Kinder und Erwachsene.

Maria Schneider,1963 in Bramberg geboren, von Beruf Kindergärtnerin, zeichnet und malt leidenschaftlich gerne für Kinder und mit ihnen.

Max Faistauer, geb. 1934, Autor von Gedichten und Kurzgeschichten in Schriftsprache und im Dialekt. Manchmal fällt ihm auch ein Lied ein.

Gerd Allmayer, geb.1956, gelernter Lithograph, setzt berufliche Kompetenz und künstlerisches Feingefühl in der Layout- und Bildgestaltung um.

© manggei verlag
1. Auflage, Mai 2010
Illustrationen: Maria Schneider
Fotos: Gerd Allmayer
Satz und Layout: Gerd Allmayer
Druck: Samson Druck, Lungau
ISBN 978-3-9501623-2-5

Gerlinde Allmayer

Himmel über der Nase

Mit Bildern von Maria Schneider
und Gerd Allmayer
Manggei-Lied von Max Faistauer

manggei verlag

Für unsere Enkelkinder und alle Enkelkinder der Welt auf ihrer Suche nach der Weisheit.

Endlich Frühling

Es war einmal im April. Die Strahlen der Frühlingssonne krochen durch Schnee und Erde bis in den Bau der Murmeltiere und weckten sie aus dem Winterschlaf.
„Was kitzelt mich da?“, fragte Wasti und nieste. Er streckte eine Pfote ein wenig zur Seite und spürte das Fell seiner Schwester Michi. Sie räkelte sich, gähnte und rollte sich wieder zusammen.
„Seid ihr alle schon wach?“, fragte sie mit verschlafener Stimme.
Ein Murmeltier nach dem anderen fing an sich zu bewegen. Den ganzen Winter über hatte sich die große Familie dicht aneinander gekuschelt. Wenn ein Murmeltier aufwachte, dauerte es nicht lange, bis sich die anderen auch rührten.
„Der Frühling ist da!“, rief Tante Soffi.
Sie zupfte sich die Schnurrbarthaare

gerade und schnupperte.
„Kommt, wir schauen, ob das Gras schon wächst!“, sagte der Murmeltiervater und machte sich auf die Suche nach einem Weg ins Freie. Er kannte zwar jeden Winkel in seinem Bau, fand aber die Ausgänge nicht gleich, weil auf ihnen noch eine dicke Schneedecke lag.
Die jungen Murmeltiere drängten sich an ihm vorbei.
„Ihr müsst schauen, wo das Licht durchscheint! Dort fangt ihr an zu graben!“, rief er ihnen nach.
Das war gar nicht einfach, denn die Murmeltiere hatten im Winter kein Futter bekommen und waren mager und schwach.
Sie gruben und gruben, schnauften und schwitzten, bis sie endlich ins Freie kamen.
Eine Weile standen sie still da.

Sie staunten über die gewaltigen Berge ringsum. Es dauerte nicht lange, da begannen die jungen Murmeltiere auf dem Schnee herumzurennen.
Sie schlugen Purzelbäume und versuchten sich gegenseitig auf den Rücken zu springen.
Die älteren Tiere liefen in alle Richtungen auseinander und suchten nach frischem Gras.
Plötzlich war ein langer gellender Pfiff zu hören! Erschrocken sausten alle zu den Löchern im Schnee - und schwupps - waren sie verschwunden.
„Was war das?“, fragte Schorschi als er im Bau ankam.
„Ein Adler“, sagte Onkel Luggi.
„Das war knapp. Beinahe hätte er dich erwischt. Du musst schneller werden! Du darfst nicht immer mit offenen Augen träumen!”

Schorschi knurrte ganz leise und blies Luft aus der Nase. Das machte er immer, wenn er sich ärgerte. Und er ärgerte sich oft darüber, dass die anderen behaupteten, er wäre langsam und ein Träumer. Michi und Wasti kicherten.

„Ein Adler erwischt ihn gar nicht. Der stürzt ab, wenn er so langsam fliegt, wie der Schorschi läuft“, spotteten sie.
„Unsinn“, schimpfte Onkel Luggi, „ein Adler ist für alle Murmeltiere gefährlich. Merkt euch das! Das nächste Mal, wenn ihr draußen spielt, müsst ihr beim ersten Pfiff in den Bau zurück.“
Onkel Luggi war der Wächter.
Er stellte sich meistens auf einen großen Stein oder einen Hügel, damit er alle Gefahren sofort sehen konnte.
Und er sah sie alle, denn er war ein guter Wächter.
Sobald sich etwas Ungewöhnliches auf dem Boden oder aus der Luft näherte, pfiff er so schrill und laut, dass sein Pfiff von den nahen Felswänden als Echo zehnfach zurückschallte.
Der kleine Schorschi bewunderte seinen Onkel sehr.

Gleich nachdem die Murmeltiere aus dem Winterschlaf aufgewacht waren, hatte Schorschi den Onkel gefragt: „Darf ich Wächter sein, wenn du einmal nicht kannst?“
„Ich bin den ganzen Sommer lang der Wächter“, antwortete Onkel Luggi.
„Ja schon. Aber wenn du Hunger bekommst und fressen musst, kannst du doch nicht Wache halten. Da brauchst du jemanden, der … der … dir vielleicht …“, stotterte Schorschi.
„Wenn ich Hunger habe, fresse ich den Fuchs. Wenn einer kommt! Hahaha!“
Onkel Luggi lachte so, dass sein Bauch wackelte.
Schorschi richtete sich zu seiner vollen Größe auf und sah den Onkel an. „Wenn ich groß bin, werde ich auch Wächter. Da werde ich den Adler überlisten und den Fuchs davonjagen.“

Seine Mama legte ihm die Pfote auf die Schulter und meinte: „Du wirst bestimmt einmal so klug und stark wie der Subbamangg."
„Wer ist das?", fragte Schorschi.
„Es ist einer, der keine Angst hat, weil er alles weiß. Er wohnt allein in den Bergen und lässt sich von niemandem sehen. Er ist schon sehr alt und sein Fell ist grau."
Schorschi unterbrach seine Mama.

„Woher weißt du, dass sein Fell grau ist? Hast du ihn schon einmal gesehen?“
„Unsere Großeltern haben es erzählt.“
Schorschi fragte den Murmeltiervater: „Warum wisst ihr, dass der Subbamangg alles weiß? Habt ihr ihn schon alles gefragt?“
„Nein, natürlich nicht“, sagte der Vater.
Schorschi gab keine Ruhe: „Dann wisst ihr ja nicht, ob er alles weiß.“
„Alles wissen heißt nicht, dass jemand alle Fragen beantworten kann. Es hat mit Weisheit zu tun!“, sagte Mama.
„Ihr dürft wieder hinaus!“, rief Onkel Luggi.
Die Murmeltiere wuselten durch die Gänge und steckten ihre Köpfe aus den Schneelöchern. Die Luft war rein. Weit und breit keine Gefahr.

Das blaue Ding

Schorschi ärgerte sich immer noch über die anderen. Er hielt sich ein wenig abseits, als sich die Murmeltiere auf die Suche nach frischen Gräsern und Kräutern machten.
„Wenn sie schon denken, ich sei langsam, dann will ich es auch sein. Wartet nur ab! Wenn ich erst einmal alles weiß, dann …!“
Und in *dem* Moment sah er etwas Grünes! Schorschi rupfte die zarten Halme vorsichtig mit seinen Zähnen ab, kaute sie gründlich und schmatzte dabei. „Mhhhh! Ist das gut!“, rief er. Dabei stützte er sich mit der rechten Pfote auf einen Stein. Er rutschte ab und purzelte in den Schnee. Schnell hob er den Kopf und sah sich um. Nein, niemand hatte seinen Sturz beobachtet!

Auffigstiegn und ochigfoin! *

Er stand auf und sah hinter den Steinen etwas liegen. Es war blau und hing an einem Band. Oder hing das Band an dem Ding?
Schorschi griff sich das Band und ließ das Ding hin und her pendeln.
Da kam ihm eine Blitzidee!
Er hängte sich das Band um den Hals. Das blaue Ding baumelte jetzt vor seiner Brust.
„Da bist du ja! Ich habe dich überall gesucht!“ Michi kam auf Schorschi zu. Sie schubste ihn mit ihrer Schnauze ein wenig. Das hieß: „Spiel mit mir!“
Er schubste sie auch.
Das hieß: „Ja gerne!“
Sie hopste auf einen Stein, er hinter ihr her. Sie schubste ihn vom Stein hinunter, er hüpfte wieder hinauf und gab ihr einen Schubs.
Dann hüpfte Michi nicht mehr hinauf.

Sie stand da und starrte auf das blaue Ding.
„Was hast du da?“, fragte sie flüsternd.
„Ich glaube, es ist … ja weißt du, es ist so ein Dings ....“
Michi berührte das blaue Ding mit ihrer Pfote und vermutete: „Vielleicht gehört es den Menschen. Wirf es weg! Es ist gefährlich.“
„Nein“, sagte Schorschi, „ich behalte es. Vielleicht ist da die Weisheit der Menschen drin.“
„Die was?“
„Die WEISHEIT. Wer dieses Ding besitzt, wird alles wissen.“
„Alles? Auch wo die besten Gräser wachsen? Und was Wasti gerade macht?“
„Alles“, sagte Schorschi, „einfach alles. Dort, unter dem schwarzen Felsen frisst sich Wasti gerade den Bauch voll.“
„So? Wasti hat gesagt, er wird immer mit

mir teilen. Na, der kann was erleben!"
Michi lief los.
Ein markerschütternder Pfiff ertönte.
Onkel Luggi hatte eine Gefahr entdeckt.
Die Murmeltiere liefen so schnell sie konnten zu den Löchern im Schnee und schlüpften hinein.
Dieses Mal war Schorschi bei den ersten im Bau.

Ein Rauschen weckte Schorschi aus seinem Traum. Er sah einen riesigen Schnabel über sich.
Der Kopf, der zu dem der Schnabel gehörte, war kein Adlerkopf. Er sah aber mindestens genau so gefährlich aus.
Schorschi wollte nur eines: Vom großen Stein springen und in den Bau zurücklaufen!
Aber etwas lähmte ihn. Er konnte nicht einmal eine Zehe bewegen. War es die Angst? Nein, die Krallen eines Vogels hielten ihn fest.
„Du hast wohl Angst vor mir was?“, fragte der riesige fremde Vogel mit einer lauten Krächzstimme.
„Nein, nein“, log Schorschi.
Der Riesenvogel schaute Schorschi durchdringend an. „Soso, keine Angst? Wenn das so ist, kannst du ja mit mir auf den Graukogel gehen“, sagte er jetzt mit

sehr süßer Stimme.
Schorschi hob den Kopf und sah, dass der Vogel wilde, schwarze Borsten um den Schnabel hatte. Seine Augen hatten rote Ringe um einen gelben Mittelpunkt.

„So schaut kein Vogel aus“, dachte Schorschi, „vielleicht ist es der Subbamangg.“ Er nahm allen Mut zusammen und fragte: „Wer…wer bischt du?“

„Hahaha“, lachte der Vogel, „jeder kennt mich. Du wirst mich auch noch kennenlernen. Was ist das für ein Ding in deinem Mund?“
„Die Weischheit.“
„Weischheit? Du machst ein dummes Gesicht mit dem blauen Ding.“
Schorschi spuckte den Zuz aus.
Dummes Gesicht, hatte der komische Vogel gesagt.
Soll er sich doch einmal selber anschauen! Mit seinem verbogenen Hals und dem krummen Schnabel sah er auch nicht gerade klug aus.
Schorschi wusste plötzlich: Das konnte nicht der Subbamangg sein, denn sonst hätte er die Weisheit erkannt.
„Na Freund? Kommst du mit oder nicht?“, fragte der Vogel wieder ganz süßlich.
Schorschi nahm allen Mut zusammen und sagte laut: „Nein.“

Du wascht a guate Jausn fi mi.*

Die gelben Augen blitzten auf. Das Tier antwortete: „Jetzt bin ich noch nirgendwo daheim. Vielleicht später einmal. Hier würde es mir gefallen. Ruhige Gegend, viele Murmeltiere, wenig Jäger."
„Wie? Du frisst Murmeltiere?"
„Nun ja, man muss schauen wie man überleben kann", sagte der Luchs und lachte. Jetzt wurden seine scharfen Zähne sichtbar.
„Halt!", rief Schorschi in höchster Verzweiflung. „Bevor du mich frisst, musst du mir noch sagen, ob du zu mir verwandt bist."
„Alle Lebewesen sind miteinander verwandt. Deshalb darf eines das andere fressen", sagte der Luchs, und seine Stimme klang gar nicht mehr sanft. Schorschis Zähne klapperten. Er steckte sich den Zuz in den Mund.
„Wenigschtensch ein bischchen

Weischheit noch, bevor ich schterben musch“, murmelte er.
Der Luchs wich erschrocken in die Felsnische zurück. „Was hast du da?“, fragte er.
„Weischheit. Da ischt Weischheit drin und die schauge ich herausch.“
„Weischheit? Das Ding gehört den Menschen! Wirf es sofort weg!“ Der Luchs war fast nicht mehr zu sehen, nur seine Stimme kam aus dem Dunkel.
Schorschi fasste Mut.
„Weischheit hat noch keinem geschadet, schagt meine Mama immer. Dasch ischt ein Dschuzsch.“
Aus der Felsnische kam nur mehr eine dünne Stimme: „Geh weg mit dem Ding und erzähl niemandem von mir!“
Schorschi entfernte sich zuerst langsam von der Felswand und wurde immer schneller, je weiter er von ihr weg war.

Fort über die Berge

Außer Atem kam er im Bau an. Erst einmal freuten sich alle, ihn zu sehen, tollten mit ihm herum und rieben ihre Nasen an seiner.

Dann fragte seine Mama: „Wo warst du?“

Schorschi holte tief Luft und erzählte: „Ich hab ein Tier gesehen, das war sooo groß. Es hat einen weißen Bart und goldene Augen, und sooo riesige Tatzen mit sooo langen Krallen. Es kann seine Stimme verstellen, einmal ist sie sanft und dann wieder böse, und das Tier weiß nicht mehr, wo es daheim ist, es ist eigentlich gar nicht da …“

O je! Jetzt hatte er alles verraten!

„Schorschi!“, sagte die Mama streng, „hast du nicht versprochen, nie mehr alleine weg zu gehen?“

„War doch eh nicht gefährlich. Nur so ein kleines nettes Katzi …“

Der Subbamangg weiß alles. Aber den hat noch niemand gesehen. Ich auch nicht, obwohl ich ihn immer gesucht habe. So, das ist alles. Du kannst mich jetzt fressen."

Schorschi schloss die Augen.

Die Donnerstimme brummte: „Ich will nichts mehr fressen."

Schorschi schlug die Augen auf. „Warum nicht?"

Aus dem Bauch des Tieres kam ein dumpfes Grollen und ein stechend fauliger Gestank entwich seinem Maul.

Es sagte: „Die Äpfel sind reif. Ich muss wohl zuviel erwischt haben."

„Äpfel? Was ist denn das?", fragte Schorschi.

„Im Tal gibt es Apfelbäume, aber zu viele Äpfel machen dumm im Kopf." Das Tier rülpste.

Schorschi hatte mit einem Mal keine

Angst mehr.
Er begann zu fragen: „Wer bist du? Wo kommst du her? Wo gehst du hin?“
Ein tiefes Brummen war die einzige Antwort.
„Du redest wohl nicht gern, was?“
„Ich bin ein Bär. Und du bist das neugierigste Murmeltier, das ich je getroffen habe. Ich komme von weit her und will über die Leitenscharte ins Hochalmtal und dann nach Italien."
„Ich will auch über die Scharte! Da können wir ja miteinander gehen“, freute sich Schorschi.
„Nein, nein“, sagte der Bär und schüttelte heftig seinen großen Kopf, „ich geh allein. Dich kann ich nicht brauchen.“
„Ich geh aber nicht mehr heim. Ich will doch alles wissen und den Subbamangg finden. Daheim versteht mich ja sowieso keiner.“

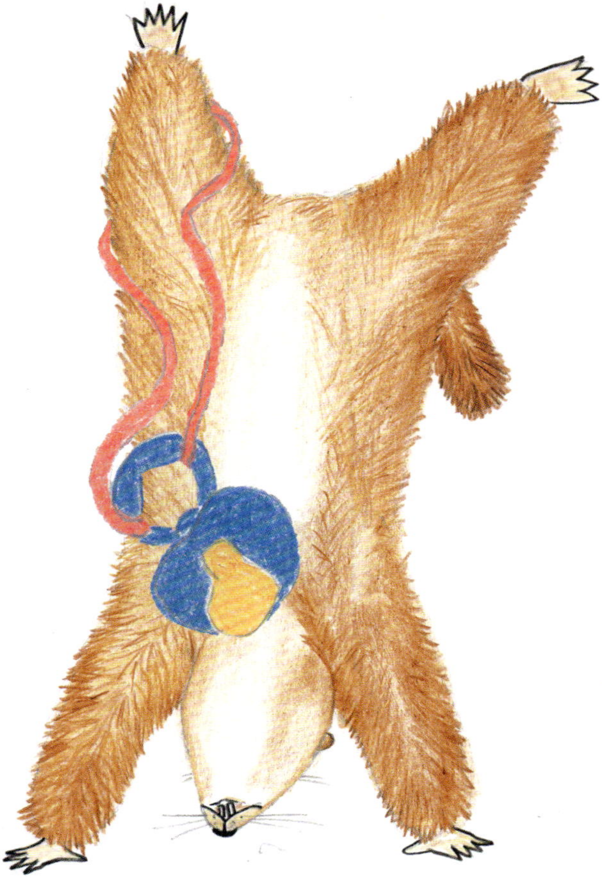

„Nicht verstehen? Ach Kleiner, du weißt ja gar nicht, wie schön du es hast. Eine große Familie, einen gemütlichen Platz zum Schlafen, Gras, Kräuter und Früchte. Schau mich an? Ich bin allein und habe noch keinen Platz zum Bleiben gefunden. Kaum gefällt es mir, muss ich wieder weiterziehen."

Schorschi wunderte sich: „Warum musst du immer weiterziehen? Bleib doch einfach da."

„Die Menschen werden mich hier finden. Ich muss weiter. Arrivederci!"

„Bär? Bä-er? Was heißt Arrivederci?"

„Das ist italienisch und heißt 'Auf Wiedersehen'."

„Du weißt aber viel. Vielleicht bist du der Subbamangg", sagte Schorschi.

„Kann sein", brummte der Bär, „vielleicht bist es auch du."

Jetzt schüttelte Schorschi den Kopf. „Es gibt nur einen Subbamangg."

„Ja und? Der eine kann doch jeder sein", sagte der Bär, „Do videnja! Auf Wiedersehen! Die Weisheit steckt in deinem Herzen!"

Wieder daheim

Es hatte zu regnen aufgehört. Ein leichter Wind trieb den Nebel an die Felswände des Graukogels. Dort blieben sie kleben. Schorschi sah, wie der Bär auf dem schmalen Weg zur Leitenscharte gemächlich höher stieg.
Er beschloss, dem Bären unauffällig zu folgen. Schorschi sauste los. Bergauf laufen war anstrengend. Er blieb weit hinter dem Bären zurück. Als er endlich die Scharte erreichte, sah er, wie der Bär auf der anderen Seite talwärts trottete.
„Den holst du nicht mehr ein“, sagte plötzlich eine Stimme. Ein riesiges Murmeltier kam hinter einem Steinblock hervor. „Es ist nicht gut, wenn du ins Hochalmtal gehst. Kehr um!“, warnte es. Schorschi blieb vor Schreck fast das Herz stehen.

Das Murmeltier war schon sehr alt. Sein Fell war grau. Es sah wie Tante Soffi aus. Schorschi wagte nicht zu widersprechen und murmelte: „Ich will nur ein bisschen winken und ins Tal schauen."
„Schon gut, Kleiner. Schauen ist erlaubt. Aber mehr nicht. Die Murmeltiere im Hochalmtal verjagen dich, sobald du in ihre Nähe kommst. Du bist zu jung. Im Winter brauchst du deine Familie, sonst kannst du nicht überleben. Erst wenn du groß und stark bist, darfst du wiederkommen."
Das alte, große Murmeltier verschwand so rasch hinter den Steinblöcken wie es aufgetaucht war.
Schorschi überdachte die Warnung. „Vielleicht ist es doch am besten, ich

gehe wieder heim", sagte er leise.
Und schon drehte er sich um und fing an zu rennen. Er rannte und rannte und hielt nicht eher an, bis ihm die Gegend vertraut vorkam.
Von weitem sah er schon seine Familie. Alle waren sie heraußen und suchten nach den besten Kräutern. Onkel Luggi stand auf dem größten Stein. Neben ihm stand Wasti. Die beiden redeten miteinander.
Schorschi ging nun ganz langsam.

Er wollte sich noch eine Ausrede ausdenken, warum er schon wieder alleine unterwegs gewesen war.
Bis zum alten Wacholder waren es nur noch ein paar Meter. Niemand sah in seine Richtung. Er legte sich flach hinter den Wacholder, aber so, dass er alle Murmeltiere im Blickfeld hatte.
Als er schon eine Weile so gelegen hatte, kam es ihm vor, als würde er von jemandem beobachtet.
Schorschi schaute um sich und sah hinter einer Zirbelkiefer einen Menschen stehen. Er erkannte ihn gleich, obwohl er ihn noch nie gesehen hatte: Es war der Jäger!
Nun durfte Schorschi keinen Fehler machen! Er musste seine Familie warnen. Aber wie sollte er das anstellen? Er war noch zu weit weg.
Warum pfiff Onkel Luggi nicht? Hatte er

die Gefahr noch immer nicht bemerkt? Plötzlich wusste Schorschi, was er zu tun hatte. Er holte tief Luft und stieß einen Warnpfiff aus, der so laut war, dass es von den umliegenden Bergen einen Widerhall gab, als hätte jemand hundert Mal gepfiffen.
Alle Murmeltiere verschwanden blitzschnell im Bau.
Onkel Luggi brachte sich als letzter in Sicherheit und bevor er verschwand, schaute er kurz in Schorschis Richtung. Ob er ihn gesehen hatte?
Schorschi war erleichtert. Seine Familie war nicht mehr in Gefahr! Aber was sollte er jetzt tun? Ihm fiel ein, was sein Vater über die Jäger erzählt hatte: „Die meisten erschießen dich gleich. Manche fangen dich auch. Aber mitnehmen tun sie dich so oder so. Tot oder lebendig."
Schorschi schielte zum Jäger.

Was war das? Er sah nur die Zirbelkiefer. Hatte sich der Jäger auf den Boden gelegt?

„Jetzt“, dachte Schorschi, „jetzt oder nie.“ Er fing zu laufen an und lief so schnell er konnte nach Hause. Dieses Mal schimpfte niemand, als er im Bau war.
Alle freuten sich. Niemand fragte, wo er gewesen war.
Seine Mama sagte nur: „Gut, dass dich der Jäger nicht erwischt hat.“
Onkel Luggi zwinkerte ihm geheimnisvoll zu. Schorschi zwinkerte zurück.
Wasti flüsterte ihm ins Ohr, dass er nicht mehr mit Onkel Luggi Wache halten wolle, weil ihm das zu fad wäre.
Michi sagte leise zu ihm: „Ich bin froh darüber, dass du wieder da bist. Ich habe Angst gehabt um dich.“
Dabei schielte sie nach dem blauen Zuz. Schorschi bemerkte ihren Blick. Dass Michi Angst um ihn gehabt hatte, rührte ihn. Ohne ein Wort zu sagen, nahm er das Band mit dem Zuz vom Hals und

reichte es Michi.
„Ich schenk dir den Zuz mitsamt der Weisheit."
Das war ein Tag heute!

Schorschi war jetzt angenehm müde. Er verzog sich in die Schlafhöhle.
Am nächsten Morgen reckte er seine Nase aus dem Bau. Die Luft roch schon ein wenig nach Herbst.

Der Manggei Schorschi singt für seine kleinen und großen Freunde

Text und Melodie: Max Faistauer

Refrain

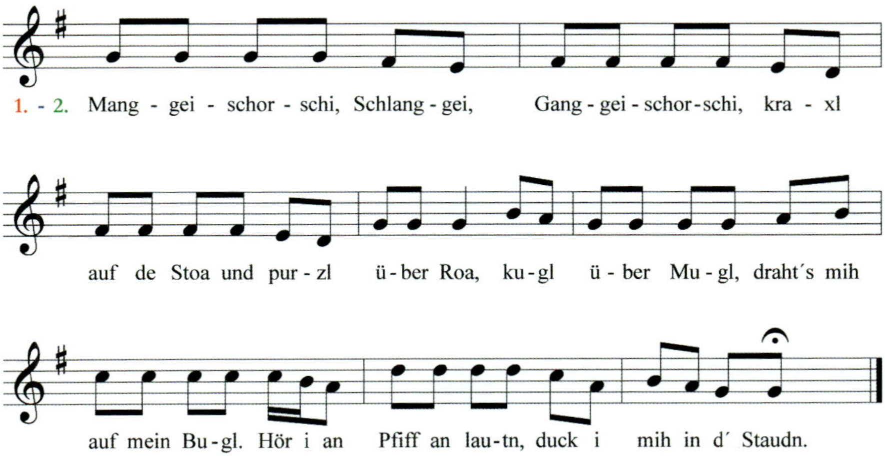
1. - 2. Mang - gei - schor - schi, Schlang - gei, Gang - gei - schor - schi, kra - xl
auf de Stoa und pur - zl ü - ber Roa, ku - gl ü - ber Mu - gl, draht´s mih
auf mein Bu - gl. Hör i an Pfiff an lau - tn, duck i mih in d´ Staudn.

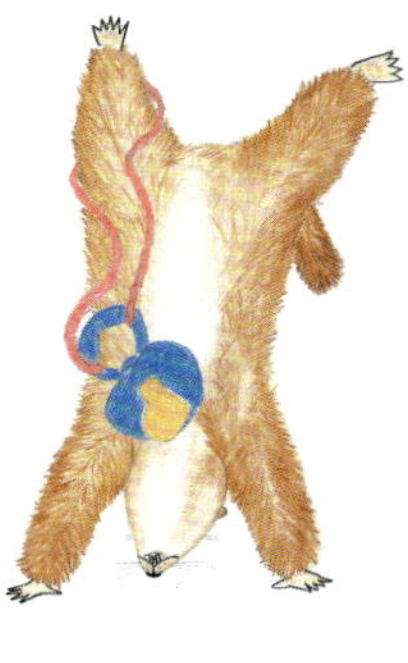

Zauberwort

Du kennst bestimmt viele Zauberwörter. Kennst du auch eines, das „Danke“ heißt? Das ist ein wichtiges Wort. Man muss es jeden Tag mindestens fünf Mal aussprechen. Was sagst du? So viele Geschenke bekommst du nicht? Denk einmal nach! Hat dir nicht gestern deine Oma eine Geschichte vorgelesen? Und hat dir nicht ein Freund seine Farbstifte geliehen? Es gibt oft Gelegenheit jemandem zu danken. Das Zauberwort „Danke“ zaubert glückliche Gesichter her. Echt! Ich schreibe das Wort jetzt groß auf diese Seite. Mal sehen, was passiert. D A N K E an alle, die zum Erscheinen dieses Buches beigetragen haben.

Gerlinde Allmayer

Inhalt

*** Übersetzung der Sprechblasen**

Seite 14: „Hinaufgestiegen und hinuntergefallen!"
Seite 18: „Wofür soll das gut sein?"
Seite 27: „Hoffentlich frisst mich der nicht auf!"
Seite 36: „Mir kann nichts passieren. Ich habe einen Schnuller."
Seite 37: „Du wärst eine gute Jause für mich."
Seite 57: „Jetzt hat es den Murmeltierfettjäger aus den Schuhen gehauen."

Gerlinde Allmayer

„Aus dem Tal“
Gedichte, Szenen, Erzählungen in Schriftsprache und im Pinzgauer Dialekt

€ 15,80

„Aus dem Tal“, lautet der Titel - er ist bezeichnend für das literarische Schaffen der Dichterin. Gerlinde Allmayer lebt in ihrem Tal, sie kennt es gut, weiß viel über das Tal und über die Menschen, die im Tal wohnen, von ihren Nöten und Sorgen, ihrer Freude, und erlebt das Zusammenleben in der Talschaft. Darüber schreibt sie, und erweist sich dabei als aufmerksame Beobachterin und treffliche Sprachschöpferin.

Zu bestellen auf **www.gerlinde-allmayer.at** (mit pers. Widmung)
oder im Buchhandel

ISBN 978-3-9501623-1-8